Ⓒ

17359

ye.

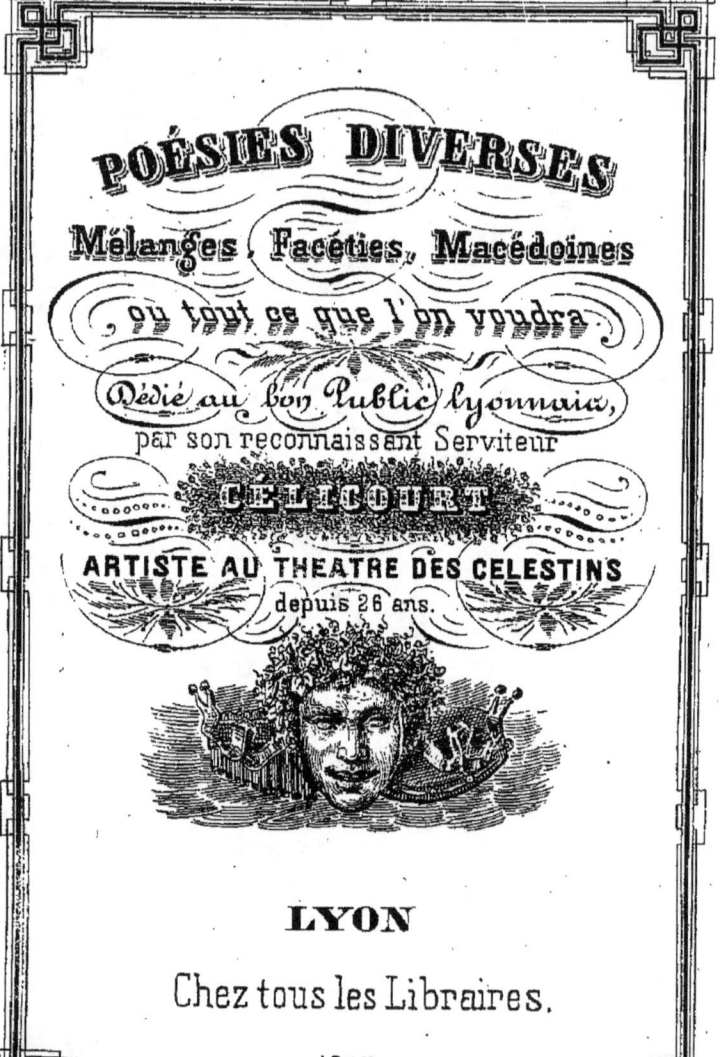

POÉSIES DIVERSES

Mélanges, Facéties, Macédoines

ou tout ce que l'on voudra

Dédié au bon Public lyonnais,
par son reconnaissant Serviteur

CÉLICOURT

ARTISTE AU THEATRE DES CELESTINS
depuis 26 ans.

LYON

Chez tous les Libraires.

1847.

PETITE PRÉFACE.

Ceci est l'œuvre de mon médiocre cerveau;
à mes temps perdus, dans mes heures de loi-
sir, je me suis amusé à composer tout ceci, et
quoique guidé par une méchante baridelle que
je me figurais descendant du fameux Pégase,
j'ai résisté à tous les coups de pied qu'elle a
voulu me donner pour me faire reculer et
m'empêcher d'avancer dans le sentier qui conduit à l'Hélicon. Ma muse bâtarde s'est obs-
tinée et m'a conduit à tort et à travers dans

des chemins détournés, pour y arriver. Enfin, l'idée hardie de faire paraître ce mélange bizarre m'est survenue. Mais, me disais-je, sous quels auspices me présenterai-je? Qui me protégera contre la critique, qui, je ne me le dissimule pas, a bien de quoi mordre? Eh bien ! me suis-je répondu à moi-même, ingrat ! est-ce que tu n'as pas éprouvé déjà tant de fois la bienveillance de ce bon public lyonnais? Mets-toi sous son égide; il n'est pas inconstant, il te l'a prouvé; tu ne peux choisir un meilleur protecteur ! Puisse le langage de mon cœur se vérifier, et m'attirer, encore cette fois, une indulgence qui m'est si précieuse , et dont j'ai eu tant de preuves depuis 26 ans.

POÉSIES DIVERSES

MÉLANGES, FACÉTIES, MACÉDOINE

Ou tout ce que l'on voudra

DÉDIÉS AU BON PUBLIC LYONNAIS

Par son reconnaissant Serviteur

CÉLICOURT

Artiste du Théâtre des Célestins, depuis 26 ans.

———◦◦◦◦———

Couplets sur l'Habitude.

AIR : T'en souviens-tu.

On s'habitue à tout dans ce bas-monde,
A la misère, au vol, à la prison :
Plus d'un censeur par habitude fronde,
Et bien souvent sans rime ni raison.
Le malheureux, d'une indigence extrême,
Dans un bon lit regrette son grabat :
N'avons-nous pas vu l'Esquimau lui-même
Sous un beau ciel regretter son climat ?

Bien des Laïs, renonçant au désordre,
Trouvant maris tant soit peu délicats,
A l'avenir promettent de mettre ordre,
En renonçant aux scandaleux ébats !
Mais l'habitude, en seconde nature,
Les fait changer bientôt de sentimens
« Rien qu'un de plus, » se dit la créature,
De s'amender il sera toujours temps.

Plus d'un buveur, malade de la veille,
Se promet bien qu'il n'y reviendra pas.
Que le mal passe, il revoit la bouteille :
Elle a toujours pour lui mêmes appas !
Le médecin, en suivant les maximes
Qu'il recueillit dans de vieilles leçons,
Ne veut pas voir qu'il a fait des victimes
Et ses avis n'en seront pas moins bons.

L'oisiveté, devenant habitude,
A la paresse entraîne trop souvent ;
Alors pour nous le travail le moins rude,
Est un fardeau qu'on trouve trop pesant !
Heureux celui qui dès son plus jeune âge,
A travailler s'occupa constamment,
Par habitude il aimera l'ouvrage
Et de l'ennui n'aura pas le tourment.

Plus d'un fripon enrichi fait promesse
Que désormais il ne volera plus.
Mais l'habitude à notre homme sans cesse
Fait oublier ses futures vertus.

Plus d'un laquais est fait à l'insolence,
Plus d'un menteur sans besoin a menti.
Nous avons vu plus d'un héros en France,
Par habitude enfoncer l'ennemi.

Un courtisan des belles vient en âge
Où tous ses feux sont glacés par les ans,
Par habitude il rend toujours hommage
A la beauté qui flatte encore ses sens.
Un vieux tailleur veut devenir honnête
Et retenir des ciseaux trop fripons,
Mais l'habitude éloigne de sa tête
     Ses belles résolutions.

Ami lecteur, si ce chant est informe,
S'il a chez vous provoqué le sommeil,
Si par malheur il faut qu'il vous endorme,
Soyez propice au moment du réveil;
Par habitude il faut, coûte que coûte,
Que mon cerveau se mette à rimailler,
Quoiqu'il s'expose à me laisser en route,
Ou tout au moins à vous faire bâiller.

Couplets pour la Fête d'un Père de famille.

AIR : Le clairon cède au chalumeau. (*Lyna* ou *le Mystère.*)

Mes amis, pour moi quel beau jour
Que celui qui nous rassemble !
Quand vous me fêtez tour à tour
Dans mon cœur vous êtes ensemble.

Je suis content, je suis joyeux   } bis.
De vous exprimer ma tendresse ;
Viennent les heures de tristesse,   } bis.
En cet instant je suis heureux.

Quand je vous presse sur mon cœur,
Je déplore la destinée
Qui m'ôte la douce faveur
De vous la rendre fortunée !
Mais éloignons soucis fâcheux,   } bis.
Ne pensons qu'à notre allégresse ;
Viennent les jours de tristesse,   } bis.
En cet instant, soyons heureux !

Nous ne sommes pas tous ici,
Mais espérons qu'un sort prospère
Pourra, par son heureux appui,
Réunir la famille entière.
Alors, enfants, frères, neveux,   } bis.
En se témoignant leur ivresse,
Diront : Narguons tous la tristesse,   } bis.
En cet instant soyons heureux !

COUPLET DE LA MÈRE.

Frère, sœur, mon cœur est jaloux
Des sentiments qu'on vous exprime,
Même tendresse nous anime.
N'en doutez pas, oui, dans mon cœur,   } bis.
Vous avez tous la même place.
Dans cet instant la joie efface   } bis.
Ce que le sort eût de rigueur.

Réponse des Dames à la chanson de table de Casimir Delavigne.

AIR : Mes amis, nos coupes sont pleines.

Célébrez le vin et la gloire,
Messieurs, cela vous est permis ;
Mais au moins qu'en votre mémoire
Le beau sexe puisse être admis.
Nous savons bien que dans vos âmes
Est gravé le nom de Bacchus,
Mais il cède souvent aux dames   } bis.
Et subit la loi de Vénus.

Le vin excite à la tendresse
Et chacun doit en convenir,
Mais n'allez pas jusqu'à l'ivresse,
Alors on ne peut que dormir !
En cet état, ce n'est qu'en songe
Que, seul, vous pouvez être heureux !
Mais ce bonheur n'est qu'un mensonge
Qui cède à celui d'être deux.

Ce vieux Silène qu'on envie,
Ne goûtait pourtant qu'un plaisir ;
A boire il consumait sa vie,
Là se bornait tout son désir.
Comparons cette jouissance
Avec les transports de l'amour !
Il fera pencher la balance,
C'est à lui que tout doit le jour.

Quand le temps, d'une main perfide,
Un jour refroidira vos sens,
Alors, dans le temple de Gnide,
Vous n'offrirez plus votre encens.
Employez bien votre jeune âge,
Sachez modérer vos désirs,
N'ayant plus la force en partage,
Soyez riches de souvenirs.

———

Le Brouillard.

AIR : Aurait-on choisi cette place ?

Lorsque la nature attristée
Se couvre d'un épais brouillard,
De noirs pensers l'âme occupée,
Chacun se retire à l'écart.   (bis.)
Mais moi, pensant à ma Georgette,
Qui m'a donné un rendez-vous,
Je dis : La nature discrète   } bis.
Va nous cacher à tout jaloux.

Le brouillard, dit-on, est contraire,
En tout pays, à bien des gens.
Sur ce point-là, moi je diffère :
Il est favorable aux amans.   (bis.)
Vous, qui briguez d'une maîtresse
Les transports vifs, délicieux !
Le brouillard aide à sa tendresse,   } bis.
Il la dérobe à tous les yeux.

Charmant brouillard, qui par ton ombre
Caches aux yeux tous mes plaisirs,
Que je bénis ton voile sombre,
Il comble mes plus chers désirs.   (*bis.*)
D'autres voudraient bien que l'aurore
Vint anéantir ton pouvoir,
Les yeux de celle que j'adore,   } *bis.*
Voilà tout ce que je veux voir.

———

Couplets pour une noce.

AIR : J'aimons que l'on chante gaîment. (*Alexis.*)

Chantons ici le jour heureux
Et le nœud qui rassemble
Ces époux, il me semble
Qu'ils désiraient bien d'être deux.
Que la fortune, si peu commune,
     Que la fortune,
     A peu de gens commune,
Puisse les combler de faveurs,
Et n'ait pour eux point de rigueurs,
Et n'ait pour eux, pour eux point de rigueurs.
     C'est le vœu de leurs pères,
     Parents, frères et mères ;
Oui, que pour eux les destins soient prospères,

Après leur avoir souhaité
Le bonheur, la richesse,
Qu'une égale tendresse
Ajoute à leur félicité.

Que l'inconstance n'ait point de chance,
Que l'inconstance pour eux n'ait point de chance !
　　Et qu'ils travaillent tous les deux
　　A se rendre le sort heureux !
Vivant contents, qu'ils travaillent tous deux
　　　A repeupler la terre,
　　Comme ont fait père et mère,
Tout comme ont fait le père avec la mère.

　　　Amis, pour nous qui n'avons plus
　　　　Le feu de la jeunesse,
　　　　Eloignons la tristesse,
　　Les regrets seraient superflus !
　　　　　A cette table,
　　　　　Qu'un vin passable ;
　　　　　A cette table,
　　　　De ce vin très-passable,
　　Portons la santé des époux,
　　Celle de nos femmes, et nous,
Buvons, chantons, narguons du sort les coups !...
　　　　Bonsoir la compagnie,
　　　　Le mari, qui s'ennuie,
Voudrait causer avec sa douce amie.

Ronde Villageoise.

AIR : Ronde des ouvriers, ou les bons enfants.

Mes amis, célébrons la gaîté
Que l'on ne trouve qu'au village ;
Elle conserve la santé,
Nous lui d'vons not' prospérité.
A la ville on n' voit pas
Cet air content que garde un homme sage ;
On n'y fait qu' des faux pas,
Et vos amis vous laiss'nt dans l'embarras !
Mes amis, célébrons la gaîté, etc.

Quand vous avez d'l'argent,
Tout le monde vous accueille et vous fête !
Mais vous n'êt's qu'un manant
Quand vous n'avez pas un denier vaillant.
Mes amis, célébrons la gaîté, etc.

Chacun est obligeant,
Sans intérêt l'un à l'autre on se prête ;
La vill' c'est différent,
On vous rend servic' à cinquant' pour cent.
Mes amis, célébrons la gaîté, etc.

Couplets patriotiques chantés en 1830.

Par Bernard-Léon, au théâtre des Célestins.

Air : Veillons au salut de l'Empire,

Français, l'absolutisme expire,
Et nous reprenons tous nos droits.
Si le despotisme conspire,
Veillons au maintien de nos lois.
Liberté ! (*bis*) que tout mortel te rende hommage;
Nous te chérissons, nous apprécions tes bienfaits,
Plutôt la mort que l'esclavage,
C'est la devise des Français.

Des ministres longtemps perfides
Voulaient ravir nos droits chéris,
Mais nos députés intrépides
Partout font retentir ces cris :
Liberté, etc.

Cette faction oppressive
Croyait nous trouver endormis,
Mais nous étions sur le qui-vive,
Et nous chantons tous réunis :
Liberté ! etc.

Si des nations étrangères
Se mêlaient à tous nos débats,
Citoyens, soldats, tous sont frères,
Et diraient, marchant aux combats :
Liberté ! etc.

Enfin, notre couleur chérie,
Vient charmer nos cœurs et nos yeux ;
Elle retrace à la patrie
Bien des souvenirs glorieux :
    Liberté ! etc.

Paris nous donne un grand exemple.
Citoyens des départements,
La postérité nous contemple,
Faisons tous les mêmes serments.
    Liberté ! etc.

———

Ronde patriotique de la même époque

AIR : Célébrons le Bourgogne. (*Major Palmier.*)

Liberté de la presse
Nous te conserverons ;
Pour nous qu'elle allégresse
Toujours nous chanterons :

Refr. Que la vérité brille
Français, plus de débats :
A la grande famille,
On n'imposera pas.
Maintenons notre Charte
Et nous serons heureux ;
Si quelqu'un s'en écarte
Malheur au factieux.

La presse nous dénonce
Les erreurs, les abus,
Et lorsqu'elle prononce
Ils ne sont déjà plus.
Refr. Que la vérité brille, etc.

Quand une ligue atroce
Dans l'ombre conspirait,
Sur son dessein féroce
La presse prononçait.
Refr. Que la vérité brille, etc.

Désormais sans contrainte
Nous pouvons exprimer
Nos désirs, notre crainte,
Chacun pourra parler.
Refr. Que la vérité brille, etc.

Nous verrons sur le trône
Un prince citoyen;
Nos cœurs de sa couronne,
Sont le ferme soutien.
Que la vérité brille,
Français, plus de débats
A la grande famille,
On n'imposera pas.
Maintenons notre Charte
Et nous serons heureux;
Si quelqu'un écarte
Malheur aux factieux.

Chœur national de la même époque.

AIR : *La victoire en chantant.*

La victoire est à nous, et l'Europe étonnée
    Admire un peuple généreux,
Qui n'a pu sans frémir laisser sa destinée
    Aux mains d'un pouvoir odieux !
    Honneur et gloire à la vaillance
    Des courageux parisiens !
    Amis, ils ont sauvé la France,
    Chantons ces braves citoyens !
Ref. Lorsque le pays nous appelle,
    Français, hâtons-nous d'accourir;
    S'il est beau de vivre pour elle,
    Pour elle il est beau de mourir.

Fuyez-nous pour jamais, vous qui dans l'esclavage
    Courbiez vos fronts humiliés ;
La honte et le mépris étaient votre partage,
    Avec bassesse vous rampiez.
    Mais si, par un retour sincère,
    Vous reconnaissez votre erreur,
    Chaque citoyen est un frère
    Qui vous pressera sur son cœur.
Ref. Lorsque le pays, etc.

Le succès jusqu'ici surpasse notre attente,
    Mais défions-nous des complots.
Des suppôts des tyrans, la marche sombre et lente
    Ne nous permet pas le repos.

Tremblez traîtres, âmes vénales,
Un jour nous saurons vous punir,
Et les gardes nationales
Avec nous ferons retentir :
Ref. Lorsque le pays, etc.

Chefs, soldats, avec nous faites cause commune,
La France appelle ses enfants ;
Votre appui, dans nos rangs, fixera la fortune,
Partout nous serons triomphants !
Imitons la noble jeunesse
Qui, dans Paris, brava la mort ;
Et, patriotes sans faiblesse,
Montrons-nous jaloux de son sort.
Ref. Lorsque le pays, etc.

La Bienfaisance.

AIR : De Colalto.

Inspire-moi, je voudrais te chanter
Des mortels, ange tutélaire !
On ne saurait vraiment trop exalter
Celle qui de nos maux soulage la misère !
Bienfaisance, que tes attraits
Aux cœurs bien nés offrent de charmes !
Ah ! qu'il est doux, en essuyant des larmes,
De contempler les heureux qu'on a faits *(bis)*.

Oh! riches, vous qui d'un vain superflu
    Faites parfois mauvais usage;
En pratiquant cette douce vertu,
Vous verrez quel bonheur sera votre partage !
    Et, si vous faites des ingrats
    Qui n'ont point de reconnaissance,
Dans votre cœur sera la récompense !
D'autres peut-être ne le seront pas *(bis)*.

Il faut aussi, lorsque l'on fait le bien,
Savoir donner avec choix et sagesse;
A certains pauvres jamais n'offrez rien,
Vous encourageriez le vice et la paresse.
Au pauvre honteux tendez les bras,
    Secourez le chef de famille;
Pour qu'en ses yeux la joie éclate et brille,
    Soutenez-le, ne l'humiliez pas   *(bis)*.

    On voit bien souvent chez l'indigent
    Le doux plaisir d'aider à la détresse ;
    Son cœur est plus vif, plus ardent
Que celui qui possède une grande richesse !
    Il se prive pour faire un heureux ,
    Son mérite est bien grand , sans doute ,
    Il oubliera ce qu'un bienfait lui coûte ,
    Et voilà l'être vraiment généreux *(bis.)*

2

Chanson pour une Noce.

AIR : Quand les bœufs vont deux à deux.

(*Ref.*) Eh! tin, tin, tin, tin, tin, vive l'amour et le
bon vin!)
Tic et toc, et lon lan la, amis n'en restons pas là! (*bis*)
Pour nous quel plaisir insigne,
Mes amis, chantons la vigne
Et célébrons cet hymen !
Que le bonheur accompagne
Cet époux et sa compagne,
Et répétons ce refrain :
Eh! tin, tin, etc.

Notre ami qui se marie
Entre dans la confrérie,
Et n'en craint pas le danger.
La St-Joseph est l'époque,
Mais loin que ce nom le choque,
Il chante pour le braver :
Eh ! tin, tin, tin, tin, tin, vive l'amour et le bon vin!
Tic et toc, et lon lan la, je n'aurai pas ce sort-là.

Avec ce saint bon apôtre,
Souffrant que ce soit un autre
Qui cultive son terrain ;
Il aura la différence

Que lui-même, je le pense,
　Dira pour se mettre en train :
Eh! tin, tin, tin, tin, tin, vive l'amour et le bon vin!
Tic et toc, et lon lan la, je n'en resterai pas là.

Quoique l'épouse chérie
Ait aussi pour nom Marie,
A voir son air de santé,
Je ne crois pas qu'elle pense
A promettre l'abstinence,
Ni le vœu de chasteté.
Eh! tin, tin, tin, tin, tin, vive l'amour et le bon vin!
Tic et toc, et lon lan la, non je ne crois pas cela.

Allons donc, mon cher confrère,
Cultivez bien votre terre,
　Cela met en appétit.
Et dans neuf mois, je l'espère,
Vous deviendrez un bon père
Sans l'appui du Saint-Esprit.
Eh! tin, tin, tin, tin, tin, vive l'amour et le bon vin !
Tic et toc et lon lan la, on se passe de cela.

Mes amis, si ma complainte
N'est pas tout-à-fait bien sainte,
N'en prenez aucun souci.
A l'église, la prière
Sans doute est très-nécessaire,
Mais à table il faut des ris.
Eh! tin, tin, tin, tin, tin, vive l'amour et le bon vin !
Tic et toc et lon la, ne péchons pas pour cela.

Pour terminer cette fête,
Aux mariés qu'on souhaite
Une heureuse et bonne nuit !
Et nous les verrons peut-être
Demain ici reparaître
Avec un bon appétit.
Eh ! tin, tin, tin, tin, tin, vive l'amour et le bon vin !
Tic et toc et lon lan la... amis, tenons-nous en là.

Autre chanson pour une noce.

AIR : Je suis la petite marchande.

Chantons ici le mariage
D'un brave homme et d'un bon ami,
Prenant femme jolie et sage,
Il n'est pas heureux à demi !
Souhaitons un bonheur durable
A ces époux, et sans façon
Répétons tous à cette table   }
    La p'tit' chanson.   (*bis.*) } *bis.*

Où peut-on mieux fêter la vigne ?
Ce n'est qu'à table, mes amis.
Là, point d'influence maligne ;
Là, point de pleurs, toujours des ris.
Trinquons sans que la main nous tremble.
Nous viderons plus d'un flacon.
Buvons et répétons ensemble
    La p'tit' chanson.

La vigne est un nom qu'on honore
Par tous les buveurs répété !
Le soir et le matin encore,
De tout le monde il est fêté.
Mais la chanson est, je le gage,
Nécessaire dans la maison.
Il faut, pour faire bon ménage,
    La p'tit' chanson.

Oui, la chanson, je le répète,
Est nécessaire en tous les temps ;
Elle sait calmer la tempête
Qui peut naître à tous les instants.
Pour n'avoir point d'humeur jalouse,
Un mari doit, l'avis est bon,
Matin et soir, à son épouse
    La p'tit' chanson.

Cependant, lorsque l'âge arrive,
La voix n'est plus à l'unisson ;
Il faut, par force, qu'on esquive
Une moitié de la chanson.
Souhaitons, contre notre attente,
Que notre époux, en bon luron,
A son épouse longtemps chante
    La p'tit' chanson.   (bis.)   } bis.

Autre chanson pour le même sujet.

AIR : Du pas redoublé.

Puisque le repas est fini,
Pour égayer la fête,
Quel jeu pourrons-nous faire ici ?
J'en ai martel en tête.
Est-ce au piquet ? Mais, sur ma foi,
Le mari, je le gage,
Va dire : Non, j'aime mieux, moi,
Le jeu du mariage.

Rassemblons donc tous les avis
Pour finir la soirée ;
Par l'écarté, mes bons amis,
Peut-elle être occupée ?
Je crois deviner le mari,
Je comprends son langage ;
Son jeu muet veut dire ici :
Jouons au mariage.

Cher ami, vous n'y pensez pas,
L'idée est indiscrète !
Pour terminer tous ces débats,
Jouons à la quadrette.
A plusieurs on joue à ce jeu,
En faut-il davantage ?
Mais on ne peut jouer qu'à deux
Le jeu du mariage.

Allons, il faut bien lui céder,
Faisons-lui cette grâce !
Mais avant de nous retirer,
De lui céder la place,
Buvons encore à ces époux
Qu'un tendre hymen engage,
Qu'ils puissent longtemps trouver doux
Le jeu du mariage !

Le Mari commode.

Air : Du courage, à l'ouvrage. *(Le Maçon.)*

On a chanté l'amant volage,
On a chanté l'amant constant,
On a plaint une femme sage
Ayant un mari trop galant ;
Mais on a peu, sur notre terre,
Chanté le mari débonnaire
Qui dit quand sa femme s'en va :
    Du courage, en ménage,
    Les amis sont toujours là.   } *bis.*

Mais où va cette femme alerte
Qu'ainsi son mari laisse aller ?
Va-t-elle à confesse ? Non, certe,
Elle ne sort pas pour prier.

Mais c'est pour aller, à la brune,
Trouver une bonne fortune,
Le bonhomme dit à cela :
    Du courage, etc.

Le lendemain, madame lasse,
Reste au lit pour se reposer;
Et monsieur va, vient, et tracasse,
Se gardant bien de l'éveiller.
Mais l'heure du dîner arrive,
Et le voilà sur le qui-vive,
Comment sortira-t-il de là ?
    Du courage, etc.

Vient le galant, qui de l'épouse
S'informe à ce mari benin.
Ah ! dit-il, mon âme est jalouse
D'être ici son réveil-matin.
Souffrirez-vous bien, mon brave homme,
Que j'interroge un peu son somme,
Mais point d'ombrage pour cela.
    Du courage, etc.

Madame, loin d'être grondeuse,
Reçoit l'ami de la maison.
Vous me trouvez bien paresseuse,
Dit-elle, et vous avez raison.
Si nous pouvions dîner ensemble,
Quel plaisir ! mais, hélas ! je tremble
Que rien ne soit prêt pour cela,
    Du courage, etc.

L'ami dit au mari docile :
Mon cher, allez chez le traiteur
Le plus fameux de notre ville
Chercher le diner le meilleur ;
Pendant ce temps, à votre épouse,
Sans que votre âme en soit jalouse,
Je tiendrai compagnie là.
     Du courage, etc.

Tout s'arrange de telle sorte
Que cet heureux trio d'accord
Boit, mange, qui paiera? n'importe,
Il est très-content de son sort.
L'ami fera toujours visite
En faisant bouillir la marmite ,
Et le mari toujours dira :
     Du courage, etc.

Couplets pour une fête de Doreurs.

AIR : Prosateur et poète.   (*De Rabelais.*)

Amis, à cette fête, livrons-nous au plaisir,
    Qu'à se bien réjouir
    Chacun de nous s'apprête .   } *bis.*
(*Refr.*) Allons, rions, allons, chantons,
    Le beau sexe nous met en train;
    Que pour lui soit chaque refrain,

Célébrons-le jusqu'à demain ;
Chantons, dansons, rions jusqu'à demain.   (*bis.*)

En voyant une dame,
Je dis avec raison,
Que cette invention   } *bis.*
Est belle sur mon âme.
Allons, rions, allons, chantons, etc.

Etant notre maîtresse,
Elle nous rend heureux,
Sauf accident fâcheux,   } *bis.*
Femme a notre tendresse.
Allons, rions, allons, chantons, etc.

De soucis on abonde,
Veut-on s'en délasser ?
On va vite embrasser   } *bis.*
La moitié de ce monde.
Allons, rions, allons, chantons, etc.

Dans notre état, mesdames,
Nous savons bien dorer,
Mais pour vous adorer
Nous sommes tout de flamme.
Allons, rions, allons, chantons, etc.

C'est un mauvais poète
Qui vient vous encenser,
Aimez-vous mieux danser
Que d'entendre une bête ?
Allons, rions, allons, chantons, etc.

Couplets adressés à Madame Albert par une femme du peuple en 1837.

Air : M. d'la Palisse est mort.

Madam' Albert est vraiment
Un' fier' enchanteuse,
Elle me rend, par son talent,
Tantôt triste ou rieuse.

Un jour, croyant m'égayer,
Je vas voir *Léontine*,
Et v'là qu'elle me fait pleurer
Et m' rend toute chagrine.
Madame Albert est vraiment, etc.

Un autr' soir, pour m'attendrir,
Je vas voir *Madeline*,
Et j'ai cru qu' j'allais mourir
De rire de sa mine.
Madam' Albert est vraiment, etc.

Ah! mon Dieu! qu'elle me plaît
Quand j'la vois dans *Gillette*;
Eh ben! c'est le même effet
Dans l'rôle de *Georgette*.
Madam' Albert est vraiment, etc.

Dans l'*Ange gardien*, vraiment,
Elle est toute charmante !
Plus d'un homme en la voyant
A l' diable qui le tente.
Madam' Albert est vraiment, etc.

Comment n'pas rire ou pleurer
Selon qu'ell' le désire,
Comm' ell' sait nous imiter
Dans la *dame de l'Empire*
Madam' Albert est vraiment, etc.

V'nez la voir dans un *Duel*,
Ell' donn' la chair de poule !
A voir son chagrin mortel,
Ell' fait pleurer la foule.
Madam' Albert est vraiment, etc.

Chacun craint pour son mari,
Que son cœur ne s'émeuve,
Voyant son air si joli
Dans la *Fiancée du fleuve*.
Madam' Albert est vraiment, etc.

Qu'ell' a donc l'air engageant
Dans *madame Grégoire*,
Ell' vous d'onn' envie vraiment
D'aimer, de rire et boire.
Madam' Albert est vraiment, etc.

Eh ben! ce n'est rien encor,
Quand ell' joue un' *Rivale*,
Çà vous paraît bien plus fort
Et que rien ne l'égale.
Madam' Albert est vraiment, etc.

On voudrait la voir toujours
Quand ell' joue un' *Poupée!*
Mais faut la voir dans deux jours
Faire la *Mariée*.
Madam' Albert est vraiment, etc.

Camargo, la *Dubarry*,
C'est là qu'elle est maîtresse;
On n' finirait pas ici,
On n' peut qu' dire sans cesse :

Mam' Albert est vraiment
Une fier' enchanteuse,
C'est la Prévill' de not' temps,
Quell' soit triste ou rieuse.

————

Chanson militaire des soldats de la Garde Impériale. *

« En courant nous aimons,
« En riant nous mourons,

* Ces deux premiers couplets sont tirés d'un vaudeville
nommé *Barilli*.

« Tous joyeux compagnons de la gloire !
« En amour, aux combats,
« De tout temps nos soldats
« Ont fixé la victoire ;
« Le plaisir ici-bas
« Peut narguer le trépas.
« On se dit : si je meurs,
« Les autres sont vainqueurs !
« Le petit caporal n'est-il pas avec nous,
« Avec lui les Français n'ont jamais le dessous.

« Le petit, confiant,
« Nous a dit en partant :
« Vous vaincrez, croyez-en ma boussole.
« Puis à *Millesimo*,
« *Montenotte* et *Vico*,
« Il nous tint sa parole !
« Nous marchions, gais soldats !
« Et gaîment sur nos pas,
« Partout avec l'airain,
« S'entendait ce refrain :
« Le petit caporal est plus grand qu'un revers,
« Avec lui, s'il le veut, nous aurons l'Univers.

Mais le héros n'est plus ;
Ses exploits, ses vertus,
Avec lui sont plongés dans la tourbe !
Ce retard n'a qu'un temps ;
Enfin, après vingt ans
Cet oubli de sa gloire succombe.
A l'hôtel des guerriers
Sont placés ses lauriers ;

Pour l'ôter aux déserts
On traverse les mers.
Du petit caporal honorons le cercueil,
Qu'à son aspect, Français, tous les cœurs soient en
[deuil!

———

Stances sur la Calomnie.

Quelle couleur assez affreuse
Peut emprunter notre pinceau,
Pour peindre l'image hideuse
D'un monstre, pour tous un fléau
Plus redoutable que l'envie ?
A ce portrait, ne voit-on pas
Que c'est l'horrible calomnie
Qui donne plus que le trépas?

Oui, plus, car sa noire influence
A le masque de la vertu !
Par sa séduisante éloquence,
Le doute même est abattu.
Son doux langage dénature
Le dessein le plus innocent !
Son haleine toujours impure
Ne touche rien qu'en flétrissant.

Quand elle voit un homme honnête
Au langage civilisé,
Comme un Tartufe elle le traite
Et son maintien est composé.

A-t-il de la reconnaissance
Pour des bienfaits à lui rendus?
Il n'en a rien que l'apparence,
Ce ne sont que fausses vertus.

Aimez, respectez la vieillesse...
On veut s'emparer de son bien ;
On profite de sa faiblesse
Si l'on veut être son soutien ;
Le vice de l'ingratitude
N'est par compris par le méchant;
Et comme il en a l'habitude,
Il n'est jamais reconnaissant.

Maudit qui possède ce vice
Qui dégrade le genre humain !
Jamais il ne rend de service
Et l'égoïsme est dans son sein!
L'envie est son noir apanage,
Le bien d'autrui est son tourment !
Et dans les accès de sa rage,
Il jouit en calomniant.

Il a la mine pâle et blême,
L'œil en dessous, le teint blafard !
A charge aux autres, à lui-même,
Le sinistre est dans son regard !
Il n'y brille rien qu'un feu sombre
Qui doit annoncer qu'il est faux !
Il ne sait frapper que dans l'ombre
Ressemblant aux dieux infernaux !

Plus d'un mortel à cette image
Doit reconnaître son portrait,
Et dans son âme il rend hommage
A qui le dépeint trait pour trait.
Malgré son audace insolente,
Au fond du cœur il sait très-bien
Que sa vertu n'est qu'apparente ,
Et qu'en lui-même il ne vaut rien.

———

Pour fêter un Instituteur.

Guide éclairé , qui de notre jeunesse
Habilement conduis nos premiers ans,
Que de nos cœurs la constante tendresse
T'exprime ici nos vifs remerciments!
Oui, pour cela nous choisissons ta fête ;
Elle est aussi bien chère à notre cœur !
Avec plaisir chacun de nous s'apprête
A célébrer l'ami , le bienfaiteur.

Ah ! puisses-tu, tendre époux et bon père,
Voir chaque jour tes enfants prospérer !
Et puisse aussi ta compagne si chère
A ton bonheur à jamais se vouer !
Que les leçons de ton expérience
Fassent accourir des élèves nombreux
Qui, secondant l'effort de ta science,
Rendent toujours ton avenir heureux !

———

Au célèbre Bouffé, réunion de table.
1839.

AIR : Du Chalet.

Nous possédons à cette table
Une réunion aimable
De bons amis.
Qui, de rendre hommage au mérite
D'un talent, des autres l'élite,
Se sont promis.
Aux qualités dont son âme est remplie,
Il sait encor joindre la modestie.
Amitié franche à notre cher Bouffé,
Pour lui ce sentiment ne peut être étouffé, } bis.
Jamais il ne saurait être étouffé. (bis.)

De la nature vrai modèle,
Il nous offre un tableau fidèle
De vérité.
Clermont, le Gamin et *l'Avare,*
Quel assemblage vrai, bizarre,
Représenté.
Car dans *Phœbus* il faut rire sans cesse,
Dans *Pauvre Jacques* être dans la tristesse !
Honneur et gloire à notre cher Bouffé.
Pour lui, etc.

S'il fallait citer chaque rôle,
Ce ne serait, sur ma parole,
Jamais fini.

Heureux qui de loin suit sa trace,
Ah ! pour quiconque le remplace,
       Que de souci !
En l'entendant, qu'il parait difficile
De ressembler à ce nouveau Préville !
Honneur et gloire, etc.

Bon père, bon époux, bon frère !
Il n'a fait, dans sa vie entière,
       Que des heureux !
Loin de lui les froids égoïstes,
Pour le bonheur des vieux artistes,
       Il fait des vœux !
Mettant ses soins, en vertueux confrère,
Pour adoucir la fin de leur carrière !...
Portons-lui tous un *toast* bien chauffé.
Buvons encore à madame Bouffé ;
Buvons, buvons à madame Bouffé.

Au professeur de musique E***.

Savant professeur d'harmonie,
O toi qui consacras ta vie
A sauver le moindre discord,
Pour que chez tous règne l'accord
Souffre que la reconnaissance
T'exprime ici ce que l'on sent ;
Quand tu daignes guider l'enfance,
Reçois donc son remercîment.

Par tes conseils, lorsqu'on s'applique
A l'art divin de la musique,
Suivant bien ton enseignement,
Il faut devenir un savant.
Le plus ou moins d'intelligence
Doit profiter de tes leçons ;
Par ton habile expérience
On ne produit que de doux sons.

Ta science doit être fière
D'avoir, dans sa longue carrière,
Fait d'habiles musiciens :
Et la preuve en est dans les tiens.
Lorsque ton âme généreuse
Fait des élèves à plaisir,
Elle doit se trouver heureuse ;
De tes bienfaits tu dois jouir.

———

Le faux et le vrai Comédien.

AIR : du vaudeville des *Deux Edmond*.

Sous les traits de l'effronterie
Cacher toute son ineptie,
Sembler défier ses rivaux,
    Voilà le faux.   (*bis.*)
Sans cesse chercher la nature,
Vouloir en tracer la peinture,
D'un rôle se pénétrer bien,
    Voilà le comédien.   (*bis.*)

Faire grand bruit et grand tapage,
Du public ravir le suffrage,
A force de crier bien haut,
    Voilà le faux.   (*bis*)
Vive celui qui ne s'enflamme
Que par les élans de son âme,
Que lorsqu'elle l'inspire bien !
    Voilà le comédien. *(bis)*

Se dire impudemment artiste,
Quand on est servile copiste ;
Indiquer l'instant des bravos ,
    Voilà le faux. *(bis)*
Amour-propre avec modestie,
Créer avec son seul génie,
Sans être jamais sûr de rien,
    Voilà le comédien. *(bis)*

Celui qui toujours se ravale
A solliciter la cabale,
Et qui par elle se prévaut,
    Voilà le faux. *(bis)*
Celui qui ne voit d'autre chance
Que du talent la récompense,
Dédaignant tout autre moyen,
    Voilà le comédien. *(bis)*

Vous qui, ne servant Athalie
Que pour mener joyeuse vie,
Croyez être exempts de défauts,
    Vous serez faux. (*bis*)

Jeunes apprentis de la scène
Que le goût du théâtre entraîne,
Prenez conseil des anciens,
    Vous serez comédiens. (*bis*)

Que pour prix d'une faible esquisse
Quelque réforme s'accomplisse,
Et que l'on distingue à propos
    Le vrai du faux. (*bis*)
Notre tâche sera remplie :
Ce sera vraiment le génie
Que l'on saura remarquer bien
    Dans le bon comédien. (*bis*)

Couplets chantés par une demoiselle à la noce d'une de ses amies.

Air : Si j'étais petit oiseau.

Pour fêter ce mariage
Qu'en ce jour on a formé,
Il faut d'abord rendre hommage
Aux vertus du couple aimé.
Quand l'époux a du mérite,
Que l'épouse en tout l'imite,
Ah! que ce lien est beau !
Mariez-nous vite, vite :   } *bis.*
Du bonheur c'est le berceau.

Je souhaite, chère amie,
Que tes jours soient tous heureux,
Et que ma bonne Marie
N'ait point à former de vœux.
Pour maxime favorite
Que jamais rien ne t'irrite !
Ah! qu'ainsi l'hymen est beau ! }
Marions-nous vite, vite :   } *bis.*
Du bonheur c'est le berceau.   }

Que chez vous la gaité brille,
Que chez vous règne l'accord !
Qu'à vous voir, garçon et fille
Puissent dire avec transport:
Quand chez eux la paix habite,
Cet exemple nous excite.
Puisque l'hymen est si beau,   }
Mariez-vous vite, vite :   } *bis.*
Du bonheur c'est le berceau.   }

Puissent tous mes vœux vous plaire,
Tendre époux, douce moitié,
Mon cœur, pour vous bien sincère,
N'employa que l'amitié;
Je ne suis point hypocrite,
A redire ici j'invite :
Voyant que l'hymen est beau,
Marions-nous vite, vite :
Du bonheur c'est le berceau.

Complainte sur l'inondation du 31 octobre et l'incendie du Gymnase lyonnais, 10 décembre 1841.

AIR : Quand on est mort, c'est pour longtemps.

REFRAIN.   Je fus châtelain un instant,
Dans ma sphère
Millionnaire;
Je suis prolétaire à présent,
Vraiment
J' n'en suis pas plus content!

Quelle disgrâce,
Que rien n'efface!
J'avais château, jardin, belle écurie;
Matin et soir,
Dans mon manoir,
Quel avenir brillait à mon espoir!
Tout est détruit!
Le bonheur fuit!...
Oui, c'en est fait, et pour toute la vie :
Adieu cheval, poulet, pigeon;
Ce n'est que moi qui reste le dindon.
Je fus châtelain, etc.

Le Rhône arrive,
Moi je m'esquive,
Je vois tomber ma fortune en poussière;
Dans un bateau,
Je fuis sur l'eau,

Qui menaçait devenir mon tombeau ?
En négligé,
Pauvre affligé,
Je n'avais plus d'asyle sur la terre.
Un digne ami m'offrit son lit,
Sa table... et même son bonnet de nuit.
Je fus Châtelain, etc.

De mon absence,
Fatale chance,
On profita pour fouiller mes ruines !
Et l'on me prend
Effets, argent,
Et du bon vin que je regrette tant ?
Quand je revien,
Dieu sait combien
A tous je fais de forts piteuses mines.
J'ai trouvé pour me consoler,
Dans mes meubles... de bois à brûler !
Je fus Châtelain, etc.

Ah ! quelle perte !
Je croyais, certe,
Désormais n'avoir plus de détresse à craindre ;
Etre écroulé,
Et puis volé,
Je me disais : Mon malheur est comblé !
Ce n'est qu'un jeu...
Voilà le feu,

Qui vient me rendre encore plus à plaindre !
Mon reste brûle... Allons nous-en ,
   Nous montrer nu comme un petit saint Jean.
   Je fus Châtelain, etc.

Vivent les matelots !

AIR : Eh ! vogue la nacelle.

La mer et ses tempêtes,
Et les vents en courroux,
L'orage sur nos têtes,
Tout est bravé par nous !
Marins, avec courage
Nous habitons les flots,
Chantant en tout rivage :
Vivent les matelots !

Après une bourrasque,
Quand vient un temps plus doux,
Nous faisons mainte frasque,
Nous trinquons entre nous.
Au bien, au mal dociles,
Chantons à tout propos,
En danger ou tranquilles :
Vivent les matelots !

Après un long voyage
Qu'il est doux d'arriver !

Lorsqu'on touche au rivage
On se sent plus léger.
La bouteille et les belles
Font oublier nos maux,
Chantons au milieu d'elles :
Vivent les matelots !

A terre on se délasse,
Mais le plaisir est cher!
Il faut, quoi que l'on fasse,
Retourner sur la mer.
L'élément de nos braves
Nous revoit sur son dos,
Chantant, et sans entraves :
Vivent les matelots !

La chique ou la fumée
Avec de bon tabac
Abrége la journée
Que l'on passe au tillac.
Et la bonne eau-de-vie
Nous rend gais et dispos;
Ainsi passe la vie
De nos bons matelots.

En tout temps intrépides
Au travail, au combat,
Chez nous point de perfides,
Bons marins, bons soldats !

Bravant la mort sans peine,
Qu'importe son tombeau !
La terre ou la baleine
Suffit au matelot.

— —

Le Marin français.

AIR : Voilà le maréchal ferrant.

Je suis marin, mousse ou pilote,
Ou contre-maître de vaisseau;
Je n'ai jamais trahi la flotte
Qui voguait avec moi sur l'eau.   (*bis.*)
A la discipline fidèle,
A mon chef, non plus qu'à ma belle,
    Je n'ai désobéi jamais,
Brûlant d'accomplir de hauts faits.
Voilà (4 *fois*) le vrai marin français.   (*bis.*)

Faut-il courir de pôle en pôle
Pour le bonheur de mon pays?
Que l'on m'ordonne, alors j'y vole,
Et mes devoirs sont bien remplis.   (*bis.*)
Par un naufrage si j'échoue,
Je dis en regardant ma proue,
Faisant face au but où j'allais:
Patrie, honneur sont satisfaits.
Voilà (4 *fois*) le vrai marin français.   (*bis.*)

Pour passe-temps boire la goutte,
Culotter sa pipe en fumant :
Voilà, pour abréger la route,
Ce qu'un marin fait en chantant.   (*bis.*)
L'ennemi vient à l'abordage,
Nous nous battons avec courage
En lui criant : Tu te trompais
En nous prenant pour des niais !
Voilà (*4 fois*) le vrai marin français.   (*bis.*)

Donner son sang pour sa patrie
En repoussant ses oppresseurs ;
Dans le repos charmer sa vie
Près d'un sexe cher à nos cœurs :   (*bis.*)
Vénus, Bacchus et la victoire
Tour à tour nous couvrent de gloire ;
Pour nous chacun à ses attraits,
Qu'on le trouve bon ou mauvais !
Voilà (*4 fois*) le vrai marin français.

Soutenir notre indépendance,
Faire triompher nos drapeaux ,
Pour le salut de notre France
Supporter les plus grands travaux,   (*bis.*)
Aux poltrons servir de modèle,
En leur prouvant, par notre zèle,
Qu'on doit nous demander la paix,
En dépit même des Anglais.
Voilà (*4 fois*) le vrai marin français. (*bis.*)

A une demoiselle qui désirait des visites.

AIR : De la marche du roi de Prusse.

Vous désirez me voir....
Pour moi quel doux espoir ,
Si de vous émouvoir,
J'ai le pouvoir !
Mais ce serait un trait bien noir,
Qui causerait mon désespoir,
Si vous aviez pu concevoir
Le désir de me décevoir,
De me souhaiter le bonsoir,
Et de ne jamais me revoir.

Je croyais entrevoir,
Un instant au boudoir,
En vous un bon vouloir ;
J'ai cru prévoir,
Dans votre doux manoir,
Brillants comme un miroir,
J'ai vu vos yeux... Ah ! quel coup d'assommoir !
Si mon espérance allait cheoir !

Chaque cœur est un encensoir,
Je sollicite ce mouchoir...
Mes yeux seront un arrosoir
Si dans votre gentil dortoir
Vous voulez me recevoir,

De mon amour c'est l'éteignoir ;
Mais si vous laissiez, sans bougeoir,
Cet amour s'expliquer un soir,
Que de baisers iraient pleuvoir
Sur votre ravissant terroir !

———

Le Pélerin (*).

« J'arrive à Paris,
« D'un lointain pays,
« D'un séjour tranquille,
« Dans la grande ville,
« Où s'arrête mon chemin.
« Je demande asyle,
« Pauvre pélerin !
« Ah ! par charité,
« L'hospitalité.
« Vous en qui j'espère
« A vos tendres cœurs,
« J'adresse, ô mes sœurs,
« Mon humble prière,
« Accueillez un frère. »

Triste voyageur !
Ah ! qu'un bienfaiteur,
De sa main chérie,
Me rende la vie,

* Ce couplet est tiré d'un vaudeville intitulé : *Le Loup dans la bergerie.*

Car je suis malheureux !
Ici je supplie
Tout cœur généreux !
Si vous ranimez
Mes esprits troublés,
Travail et constance,
Courage et gaité,
Avec la santé,
Chassant la souffrance,
Viendra l'espérance.

Ce n'est point ici
Un pauvre avili
Demandant l'aumône.
Providence bonne
Veille sur ses enfants.
Le bon Dieu l'ordonne,
Soyons tous cléments.
On est bien heureux
D'un sort malheureux
De calmer l'outrage !
C'est un grand bonheur
Qu'on a dans le cœur,
Lorsque l'on soulage
Des maux qu'on partage.

Peut-être qu'un jour
Pourrai-je, à mon tour,
Avoir quelque aisance ;
Quelle jouissance
M'accorderait le destin,
Si pour récompense

De tant de chagrin,
Je pouvais aussi
Du pauvre transi
Calmer la misère !
Qu'il serait flatteur
D'être protecteur
De quelqu'autre frère !
C'est ce que j'espère.

————

Le joyeux Sans-Souci.

Prendre le temps comme il vient,
boire et chanter à ma guise,
Ne m'embarrasser de rien,
Ce fut toujours ma devise.
Nargue des coups du destin
Et des tourments de l'envie,
Je caresse mon amie   (*Bis.*)
Et je bois gaîment mon vin
Sans penser au lendemain.   (*Bis.*)

Ami, jouis du moment,
Le temps fuit à tire d'aile ;
Tu n'auras, dans un instant,
Plus de vin ni plus de belle.
Nargue le cruel destin,
Mène une joyeuse vie,
Caresse bien ton amie,   (*Bis.*)
Bois gaiment de ce bon vin
Sans penser au lendemain.   (*Bis.*)

Heureux celui d'entre nous
Qui, satisfait de sa sphère,
Voit, sans en être jaloux,
Tous les heureux de la terre !
Il chante soir et matin :
Vive la philosophie !
Il caresse son amie ;   (*Bis.*)
Avec elle il boit son vin
Sans penser au lendemain.   (*Bis.*)

Si nous n'avons qu'un instant
A passer sur notre globe,
Il ne faut pas qu'un tourment,
Un souci nous le dérobe.
Le soir succède au matin,
Et bon soir la compagnie !
Adieu donc, ma douce amie.   (*bis*).
Verse encor de ce bon vin,
Je n'en boirai plus demain.   (*bis.*)

Le Passé, le Présent, et l'Avenir,
ou L'Eté, l'Automne, l'Hiver.

Dans mon Eté, jadis, une inconstante flamme,
Comme le papillon, volant de fleur en fleur,
Pour tout ce qui portait l'air, le nom d'une femme,
Semblait venir toujours s'emparer de mon cœur.

A l'une je cherchais incessamment à plaire,
En lui trouvant la grâce et l'amabilité ;
L'autre, dont j'admirais fort peu le caractère,
Me séduisait souvent par sa rare beauté.
Nulle ne m'a rendu plus constant et plus sage ;
Mais, voilà qu'au déclin de la mûre saison,
Je viens de rencontrer soudain sur mon passage
Celle qui fait cesser l'irrésolution.

Mais l'Automne arriva parmi ces entrefaites ;
Ce triste temps, qu'ici chacun trouve fâcheux,
Vint m'apporter soudain félicités parfaites,
Et j'avais découvert le secret d'être heureux !
De ma Louise et la grâce et les charmes,
La touchante bonté, mais surtout la douceur ;
Inspirent à celui qui lui rendît les armes,
Dévoûment éternel, vive et constante ardeur.
Dès longtemps j'obéis à ce doux esclavage,
Qui me parut n'avoir encor duré qu'un jour.
Auprès d'elle jamais je n'ai senti mon âge,
Et si l'amour vieillit, son cœur est plein d'amour.

Hélas ! voici l'Hiver ; il n'est rien de durable.
Quand je me sens toujours brûlé des mêmes feux,
Je crois m'apercevoir, et ce doute m'accable,
Que je suis seul, hélas ! à rester amoureux !
C'est une passion que je porte à l'extrême ;
La neige, chez moi, couvre un trop vif sentiment !
Si l'on ne pouvait plus m'aimer ainsi que j'aime,
Il vaudrait beaucoup mieux le dire franchement.
Dans la triste saison de deuil et de ténèbre,

Cédant à ma douleur, mon chagrin, mon tourment,
Je m'envelopperais en un voile funèbre,
Et je dirais que tout est fini pour l'amant.

Le Gondolier *.

« Sur l'onde flotte ma gondole,
    « Laisse au gré du zéphyr
    « Ta voile s'arrondir.
« Tu portes Stella, mon idole,
      « Respecte de ses yeux
      « Le miroir gracieux.
« Mon lac, oui voilà ma patrie,
   « Ma barque est mon royaume à moi !
   « J'y vois ma Stella, mon amie,
   « Je suis plus heureux que le roi !
« Gondole et maîtresse chérie,
     « Ces biens là sont à moi,
     « Et ne sont pas au roi.

Sur l'onde quand vient la tempête,
     Cher objet de mon cœur,
     Evite sa fureur.
N'expose pas ta belle tête :
     S'il t'arrivait malheur,
     J'en mourrais de douleur !
Mais lorsque le lac est paisible,
Viens te placer auprès de moi.
Sens comme bat mon cœur sensible,

* Le premier couplet est tiré du vaudeville *Iwan ou le Moujick.*

Il ne bat jamais que pour toi !
Alors, pour moi, rien de pénible ;
  Car je suis, sur ma foi !
  Plus heureux que le roi.

Un roi, dans sa toute-puissance,
  Voit trembler sous sa loi
  Chacun rempli d'effroi.
J'aime mieux mon indépendance ;
  Car je suis plus joyeux,
  Tout sourit à mes vœux !
Quand j'ai terminé ma journée
Le vrai bonheur m'attend le soir ;
Ma vie est douce, fortunée,
Et du lendemain j'ai l'espoir ;
Avec Stella, ma destinée,
  M'a rendu, sur ma foi !
  Plus heureux que le roi.

Le Myope.

AIR : On dit que je suis sans malice.

Chacun dit que je ne vois goutte ;
Ce malheur que chacun redoute
Ne m'a pas frappé, Dieu merci !
Et ne me cause aucun souci.
Plus d'un croit avoir bonne vue,
Parce qu'elle est bien étendue ;
A leurs pieds ne regardant pas,
Ils s'exposent à de faux pas.   (*bis.*)

Il est vrai que ma vue est basse ;
Ce n'est pas ce qui me tracasse,
S'il me faut regarder de près ;
Il en est qui le font exprès.
Apprécier femme charmante
Dont la possession vous tente ;
Qu'il est doux de s'en approcher ,
Sans qu'elle ait droit de s'offenser! (*bis.*)

Que de gens à prunelle ardente
Ont bien cru, selon leur attente,
Apercevoir tout autour d'eux ,
Et s'en estiment très heureux !
Mais bientôt une erreur profonde
Leur prouvera que dans ce monde
Nous sommes souvent destinés
A ne voir plus loin que le nez.   (*bis.*)

Lyon. — Imp . Rey, dirigé par Constant Jaccottet ,
place de la Charité, 18

www.ingramcontent.com/pod-product-compliance
Lightning Source LLC
Chambersburg PA
CBHW061646180626
46818CB00003B/990